はじめに

子どもたちに大人気の冒険物語『マジ[illegible]ーハウス』シリーズには、ぜひ、いっしょに読んでいただきたい本があります。それが、この『マジック・ツリーハウス探険ガイド』です。

マジック・ツリーハウスには、野生動物が出てくる物語がたくさんありますが、今回はいよいよ「最強クラス」の動物たちの登場です。本書では、同時発売のマジック・ツリーハウス第40巻『カリブの巨大ザメ』に出てくるサメを中心に、ライオン、ジャガー、オオカミ、コヨーテなどの〈捕食動物〉について、そのすぐれた狩りの能力と強さの秘密を、くわしく紹介していきます。

さらに、生き物たちの〈食物連鎖〉のしくみにもふれ、地球上の生物すべてが密接につながり、たがいにバランスを保ちながら、環境を守っていることにも言及しています。

この本を読んで、ぜひ、自然界の生き物たちについてさらにくわしく調べ、学校やご家庭でも話しあってみてください。

さあ、みなさんのガイド役、ジャックとアニーが待っています。リュックにノートとえんぴつを入れたら、すばらしい動物たちが待つ冒険の旅へ、元気で行ってらっしゃい！

マジック・ツリーハウス編集部

Photograph Credits

© David Angel/Alamy (p. 50). © Franco Banfi/Getty Images(p. 32).
© Andrew Barker/Shutterstock (p. 15). © MarosBauer/Shutterstock (p. 61).
© Joe Belanger/Shutterstock(p. 36). © Radu Bercan/Alamy (p. 88).
© Peter Blackwell/Nature Picture Library (p. 58). © blickwinkel/Alamy (p. 28).
© Volodymyr Burdiak/Shutterstock (p. 59). © Steve Byland/Dreamstime (p. 17).
© Brandon Cole Marine Photography/Alamy (p. 39).
© Christophe Courteau/Nature PictureLibrary (p. 75).
© GEORGETTE DOUWMA/Nature PictureLibrary (p. 40 upper right).
© Terry W. Eggers/CORBIS(p. 81).
© Gerry Ellis/Minden Pictures/CORBIS (p. 106).
© Bert Folsom/Alamy (p. 40 lower left). © Getty Images/Staff (p. 48).
© Edwin Giesbers/Nature Picture Library(p. 19).
© GIPhotoStock X/Alamy (p. 109). © Uri Golman/Nature Picture Library (p. 60).
© Danny Green/NaturePicture Library (p. 85).
© Shane Gross/Shutterstock(p. 38).
© David Hosking/FLPA (p. 74 bottom). © Billy Hustace/CORBIS (p. 89).
© Image Quest Marine/Alamy (p. 25).
© Geoffrey Kidd/Alamy (p. 40 upper left). © GeoffreyKuchera/Shutterstock (p. 74 top).
© Frans Lanting/CORBIS(p. 105).
© Andrew McConnell/Alamy (p. 21). © moizhusein/Shutterstock (p. 56).
© Fabien Monteil/Shutterstock(p. 104). © Papilio/Alamy (p. 65).
© Francois Savigny/Nature Picture Library (p. 62).
© Kevin Schafer/Getty Images(p. 82). © Paul St. Clair/Shutterstock (p. 23).
© WaltStearns/SeaPics.com (p. 41). © Stock Connection Blue/Alamy (p. 77).
© Martin Strmiska/Alamy (p. 31). © Water-Frame/Alamy (p. 90).
© WildPictures/Alamy (p. 14). © D.P.Wilson/Minden Pictures (p. 29).
p116 ジンベエザメの写真:海洋博公園・沖縄美ら海水族館 p118 エゾヒグマの写真:旭川市旭山動物園

マジック
+
ツリーハウス
探険
ガイド

サメと肉食動物たち

もくじ

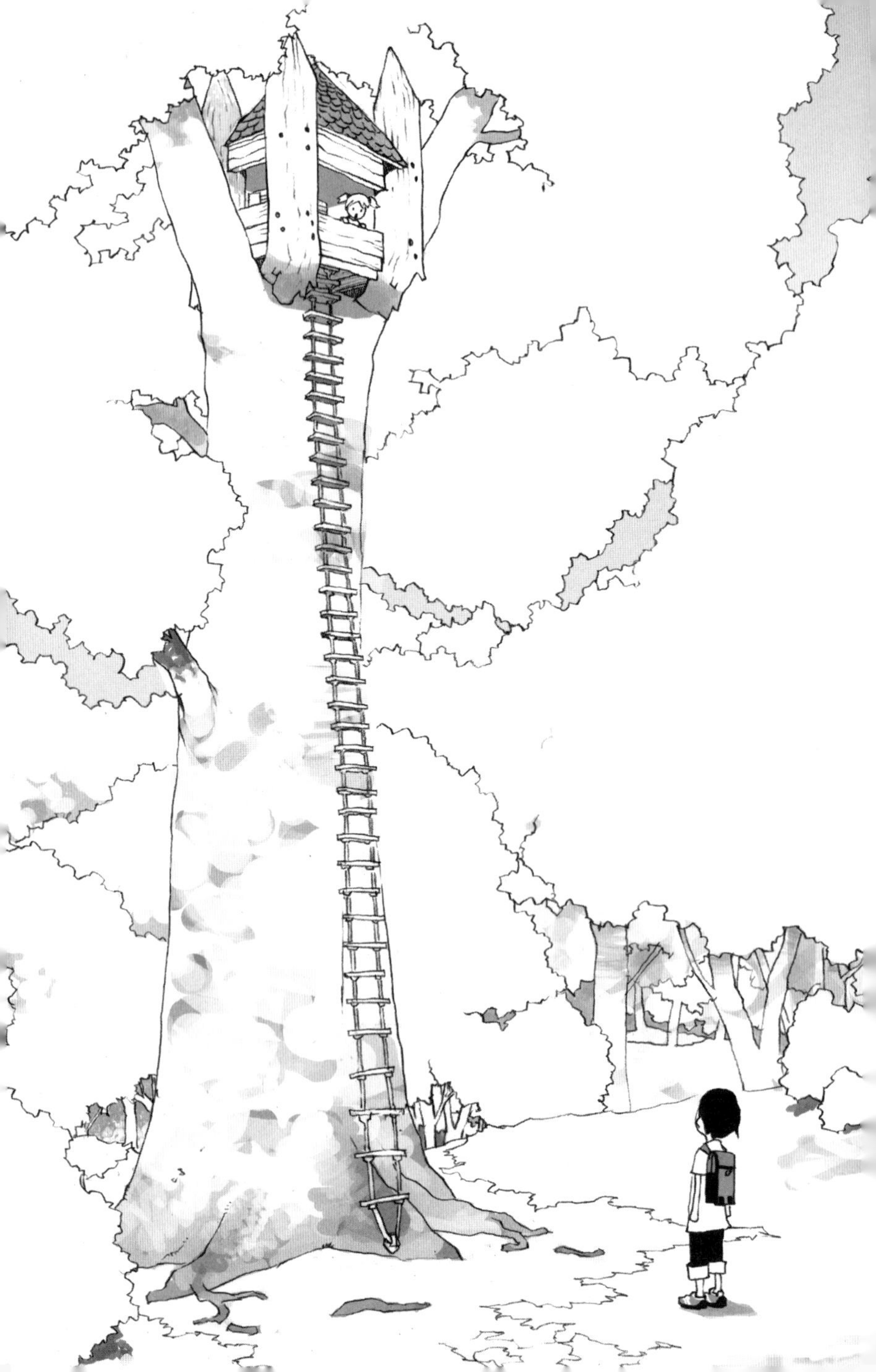

この本のガイド役

ジャック

アメリカ・ペンシルベニア州のフロッグクリークという町に住む男の子。本を読むのが大好きで、見たことや調べたことをすぐにノートに書くくせがある。

アニー

ジャックの妹。空想や冒険が大好きで、いつも元気な女の子。どんな動物ともすぐ仲よしになり、かってに名まえをつけてしまう。

この本を読んでいるきみへ

きみは、「人食いザメ」を見たことがあるかい？　ぼくたちは、この夏、カリブの海で泳いでいたとき、ものすごく大きなサメにおそわれたんだ。ほんとうに、もうすこしで食べられるところだったんだよ！　……えっ、でも、食べられてないんだから、そのサメが「人食いザメ」かどうかはわからないじゃないか、って？　まあ、それはそうだけど……。

ところで、サメは、どうして海の仲間をおそうんだろう？　「海のギャング」と呼ばれることもあるけど、ほんとうにサメはそんなに凶暴で、悪いヤツなんだろうか？——そう思って、ぼくたちは、学校や図書館で、サメについていろいろ調べてみたよ。

すると、サメは、すばらしい狩りの能力をそなえているけれど、ただやみくもにほかの生き物をおそっているわけじゃなく、自然界のなかで大事な役割をはたしていることがわかってきた。そしてそれは、サメだけじゃなく、地球にすむ生き物みんなに言えることでもあるんだ。

さあ、きみも、ぼくたちといっしょに、海や陸のすばらしい〈ハンター〉たちの世界を見に行こう！

ジャック&アニー

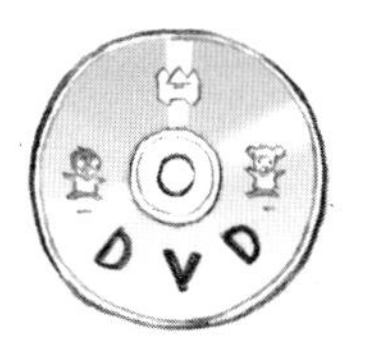

1　捕食動物たち

「サメ」と聞くと、どんなことを思いうかべますか？　地球にすむ多くの生物のなかでも、サメはもっともおそれられている生き物かもしれません。だから、「そんなおそろしいサメなんか、いないほうがいいのに」と思う人もいるかもしれませんね。

サメのように、生きた動物をとらえて食べる動物は、「捕食動物」と呼ばれます。こうした捕食動物たちは、じつは、地球にとってなくてはならない存在なのです。地球にとってなくてはならない、ということは、つまり、わたしたち人間にとってなくてはならない、ということでもあります。

では、なぜ、生き物をおそう動物がなくてはならない存在なのか。それをこれからじっくり見ていきましょう。

なぜ動物を食べるのか？

捕食動物が生き物をおそって食べるのは、性質が凶暴で残酷だから、ということではありません。捕食動物の体は、ほかの動物の体を食べて栄養をとるようにできているのです。

捕食動物には、サメのほかにも、ライオン、オオカミ、ワニなどなど、たくさんの種類がいます。また、捕食動物は体が大きな動物ばかりではありません。トカゲやカエル、テントウムシなどの小さな生き物も、捕食動物の仲間です。

また、ほかの動物をつかまえて食べる捕食動物が、ぎゃくに、べつの捕食動物に食べられてしまうこともあります。じつは、捕食動物の多くが、べつの捕食動物の獲

物でもあるのです。たとえば、鳥の多くは、虫をとって食べるので、捕食動物です。しかし、その鳥も、ネコなどに食べられることがあり、さらに、そのネコも、コヨーテなどに食べられることがあります。

　このように、鳥やネコは、捕食動物になることもあれば、獲物になることもあるのです。

ウシやヤギのように、草や木の実などの植物だけを食べる動物を「草食動物」と呼ぶよ。

ライオンは、捕食動物のなかでも、ほかの動物の肉をおもな食べ物とする「肉食動物」の代表格よ。「百獣の王」と呼ばれるほど強いけれど、じつは、なん日も獲物をつかまえられないこともあるんですって

肉食動物と雑食動物

捕食動物のなかでも、ほかの動物の肉をおもな食べ物とする動物のことを「肉食動物」といいます。すべての肉食動物は捕食動物です。

一方、捕食動物のなかには、動物と植物の両方を食べる仲間もいます。そうした動物を「雑食動物」と呼びます。クマ、スカンク、ブタ、ネズミ、トカゲ、そして、わたしたち人間も、雑食動物なのです。

捕食動物はどこにいる？

捕食動物は、山、森、草原、砂漠、海、川、沼など、地球上のあらゆる環境にすんでいます。そして、都会でも田舎でも、ちょっと外に目をやると、あちこちで捕食動物を見つけることができます。

たとえば、わたしたちの身近にいる鳥が、ミミズやガなどの虫をつかまえているところを見たことがあるかもしれませんね。ツグミの仲間のロビンという鳥は、朝早くに、ミミズをつかまえて食べる姿がよく見られます。ロビンは、まだ地面がつめたくしめっている早朝に、ミミズが地表へ出てくることを知っているのです。人間にはかわいらしいと思えるロビンも、ミミズたちにとっては、おそろしい捕食動物です。

ロビンは目も耳もいいんだ。地面で小首をかしげてじっとしていたら、虫の姿や音をとらえようとしているのかもしれないね

体も脳も、狩りがしやすいようにできている

　捕食動物は、まわりの環境にあわせて、体のつくりも、頭脳も、うまく獲物をとらえられるようになっています。これを「環境適応」といいます。

　たとえば、夜に狩りをするフクロウは、暗やみでもよく見えます。また、羽のふちがくし状になっていて空気がスムーズに流れるため、飛ぶ音が静かで、獲物に気づかれずに近づくことができます。さらに、耳もよく、上空から獲物の心臓の音を聞きとるともいわれています。

さまざまな狩りのやりかた

捕食動物の狩りには、それぞれのスタイルがあります。

ある動物は、獲物のうしろから近より、すきをついておそいかかります。トラやヒョウなどは、こうした「しのびより」型の動物です。体を低くして、そっと獲物に近づき、電光石火のはやさでとびかかります。

チーターやオオカミなど足がはやい動物は、獲物を追いまわしてとらえる「追いかけ」型です。

一方、獲物が近くまでやってくるのを根気強く待つものもいます。そうした「待ちぶせ」型の動物の多くが、「カムフラージュ」を使います。

カムフラージュとは、まわりの景色によく似た体の色やもようで風景にとけこみ、姿をかくすことです。たとえば、キンメフクロウの体のもようは、木の幹にそっくり。木の枝にとまって身をまぎれさせ、獲物のネズミが来るのをじっと待ちます。また、マイナス５０℃にもなる北極圏にすむホッキョクギツネは、まっ白な体毛で、雪景色にとけこみます。

また、ブチハイエナ、ジャッカル、ハゲワシなどは、動物の死体を食べます。ほかの捕食動物が殺した獲物を横取りすることもあります。こうした動物たちを「腐食動物」といいます。

まっ白なホッキョクギツネは、雪にまぎれて、じっと獲物を待つの

すべての生き物がつながる「食物連鎖」

　地球の生き物はみな、「食べる」−「食べられる」という関係で鎖のように連なっていて、これを「食物連鎖」といいます。食物連鎖には、動物も植物もふくまれます。

　つながりのはじまりは、植物です。植物は、太陽の光からエネルギーをもらい、水と空気から必要な養分を作りだして成長します。その植物を、草食動物が食べて栄養をもらいます。さらに、その草食動物を肉食動物が食べて栄養をもらう……というように、体をつくる栄養や生きていくためのエネルギーがリレーされていきます。

　そして、「食べる」ほうが「食べられる」ほうより、数が少ないのがふつうです。

ある生き物がいなくなると、どうしてこまる？

「食べる」−「食べられる」のつながりをたどっていくと、やがて、だれにも食べられることのない動物にたどり着きます。そのような動物のことを「頂点捕食者」と呼びます。陸上ではオオカミやヒョウなど、海ではサメなどが頂点捕食者です。そして、頂点捕食者が死ぬと、その死体は細菌などの微生物によって分解されて自然にかえり、その養分がまた植物を育てることになります。

食物連鎖は、生物から生物へ順ぐりにつながっているので、途中で１種でもいなくなると、つながりが切れて、その場所のようすが変わってしまいます。たとえば、ある場所で植物が全滅すると、その植物を食べて生きていた虫たちも死んでしまいます。すると、虫を食べるカエル、鳥、ヘビたちも死んでしまいます。

また、ある生き物がいなくなると、思わぬ問題がおこることがあります。アフリカのある国では、「ライオンは危険だ」ということで、たくさんのライオンが殺され、数がへってしまいました。すると、ライオンの獲物だったヒヒの数が増えすぎてしまったのです。

ヒヒは、肉も植物も食べる「雑食動物」だよ

その地域のヒヒは、重い病気を引きおこす病原体を持っていて、それが人間やほかの動物に広がりはじめました。さらに、数が増えてすむ場所やえさが足りなくなり、町に出てきたヒヒが、人々の家や車をこわす、農作物を食べてしまう、といった被害が多く出るようになりました。

このように、「食べる」生き物がいなくなってしまった場所は、やがて「食べられる」生き物にとっても、すみづらいところになってしまうのです。

自然界のバランス

このように、さまざまな動物がともに生きる自然界では、ある種の生物だけが増えすぎたりへりすぎたりせず、捕食動物と獲物が、よいバランスを保つことがとても大切です。もし、そのバランスがくずれてしまったら、だれも生きていくことができなくなるかもしれません。

ペリカンは、上空20メートルの高さからでも、水中の魚を見つけるの！　魚を見つけたら、急降下して、大きなくちばしでつかまえるのよ

どうやって獲物を見つける？

捕食動物は、目、耳、鼻の感覚など、それぞれ自分の強みを生かして、狩りをします。

たとえば、鳥の目は頭の側面についていて、前を向いていてもいろんな方向が見えるようになっています。

するどい嗅覚で獲物をさがしだすものもいます。ヘビが舌をチロチロと出し入れするのは、まわりのにおいをかいで獲物を見つけるためです。

また、クマは動物のなかでもとくにすぐれた嗅覚を持っているといわれ、北極圏でくらすホッキョクグマは、厚さ1メートルの氷の下にいるアザラシのにおいをかぎとります。

生き物を食べる「食虫植物」

植物はいつも「食べられる」だけだと思ったら大まちがい。世界にはなんと500種以上も、生き物を「食べる」植物があるのです！

その1つが、ビーナス・フライトラップ。葉をふちどるトゲが「ビーナス（女神）のまつ毛」のようだということでその名がつけられ、日本では「ハエトリグサ」とか、「ハエトリソウ」とも呼ばれます。

北アメリカ原産のこの植物は、葉から蜜を出し、ハエ、クモ、毛虫、ナメクジ、コオロギなどの虫をおびきよせます。2まいの赤い葉の内側に、ほそくて長い「感覚毛」が数本生えていて、その毛で虫の動きを感じとります。虫が葉の上で動きまわるのを感知すると、ピシャッと葉を閉じ、虫を閉じこめます。そして、葉から消化液を出し、中の虫をとかして、その養分を吸いとっていくのです。

数日後、葉を開いて、「ペッ」とばかりに死がいのかすをはき出します。そしてまた、つぎの獲物が舞いこむのを静かに待ちます。

ただし、この植物は、ふだんは土から養分をとっています。虫は「おやつ」なのかもしれませんね。

2　サメ

恐竜より前からいる魚

サメは、地球上にもっとも古くからいる生物の１つです。サメの祖先である古代ザメは４億年以上前からいたとされ、恐竜などよりもはるかにむかしからいたことになります。そして、１００万年前にはすでに、ほとんどのサメが、わたしたちの知るいまの姿になっていたと考えられます。

現在、世界には、４００種以上のサメがいます。そのなかには、赤ちゃんザメを産むものもいれば、卵を産むものもいます。

恐竜が生きていたのは、約2億2500万年前〜約6500万年前。つまり、サメは、恐竜よりおよそ2億年も前にあらわれたんだね！

アブラツノザメは体長約1メートルで、背中に白いはんてんがあるの。以前は、いろんな地域にたくさんいたけど、最近ではとっても数がへっているそう

サメの寿命はだいたい20〜30年ほどですが、ジンベエザメやアブラツノザメなどは、100年以上生きることもあります。

また、食べる物も、種によってさまざまです。サメの多くは、ほかの魚や海鳥などを食べますが、なかにはプランクトンを主食としているものもいます。大型ザメの代表格であるジンベエザメやウバザメ、「巨大口」の名をもつメガマウスザメなどは、大きな体に似あわず、小さなプランクトンや小魚を食べてくらしています。

プランクトンは、水の中や表面をただよっている生物のことで、そのほとんどはすごく小さいんだ。植物性のものと動物性のものがあるよ

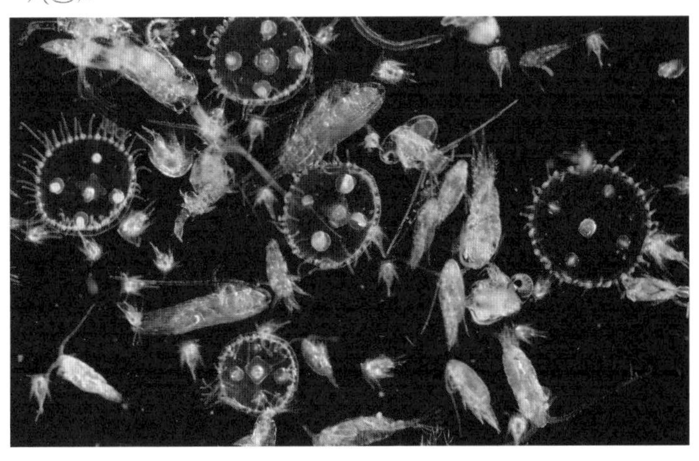

体長は２０センチから１８メートルまで

　サメは大きさもじつにいろいろ。ほとんどは体長３メートル以下ですが、ひじょうに大きな種もいます。

　なんといっても、とびぬけて大きいのがジンベエザメです。サメとしてはもちろん、魚類のなかでも、もっとも大きな種です。最大級のものだと体長１８メートルにもなります。大きな体で、海の中をゆっくりと回遊する

ジンベエザメは、大型バスよりもずっと大きいの！
人間がならんで泳いだら、こんな感じね

この超大型ザメは、口の横幅が１．５メートルもあり、中には３００本の小さな歯が、ずらりとならんでいます。

　そのほかの大型ザメには、ホホジロザメやシュモクザメなどがいて、平均的なものは体長４メートルほどですが、なかには6メートルをこすものもいます。

　一方、多くのサメは体長１メートル以下で、なかでも小さいのが体長２０～２５センチメートルのオオメコビトザメ、ツラナガコビトザメなどです。これらの小さなサメは、深海で身をかくすようにすんでいます。おなかが光るようになっていて、これは、まっ暗な海の底で獲物を引きつけるためとも、泳いでいるときに下からおそってくる敵からカムフラージュ（→３７ページ）で身を守るためとも、考えられています。

シュモクザメは、ユニークな頭の形から、「ハンマーヘッド（金づち頭）」とも呼ばれるよ。その頭で、好物のアカエイを海底におしつけて食べるんだって！

サメはどこにすんでいる？

サメは世界じゅうの海にすんでいます。とくに多いのは水温が高い赤道近くの海域ですが、水がつめたい北の海域にも、オンデンザメやニシオンデンザメなどが生息しています。

また、アブラツノザメやヨシキリザメのように、あたたかい海とつめたい海の両方にすむサメもいて、日本近海をふくめ、世界じゅうの海に生息しています。

ニシオンデンザメは、「グリーンランド・シャーク」とも呼ばれ、その名のとおり、北の島グリーンランド付近の氷海にすんでいるんですって！

ほとんどのサメは海にすんでいますが、スピアトゥース・シャークやオオメジロザメなど、ごく一部のサメが、川や湖などの淡水域でも目撃されています。

そして、多くのサメが、ふだんいる場所から遠くはなれた海域まで、旅をすることがあります。これは、つがいになる相手を見つけるためや、より獲物が多い場所を求めて移動するためではないかといわれています。たとえば、ホホジロザメは、毎年、南アフリカ沿岸からオーストラリアまで、なん千キロも泳いで渡ります。

はやく泳げるわけ

このように広い範囲を泳ぎまわるサメの体は、頭と尾びれのつけ根がほそく、胴体のまん中部分がふとくなっていて、ぜんたいはなめらかな曲線で描いたような流線形をしています。この形のおかげで、水の抵抗をあまり受けずに泳ぐことができるのです。

アオザメが泳ぐはやさは時速３５キロメートルをこえます。これはオリンピックの男子１００メートル走を走る選手とおなじぐらいのスピードです。

また、たくさんのひれも、はやく泳ぐのに役立ちます。まず、尾びれを左右に力強く打ちふりながら、水を切りさくように前進します。そして、２つの背びれは、方向

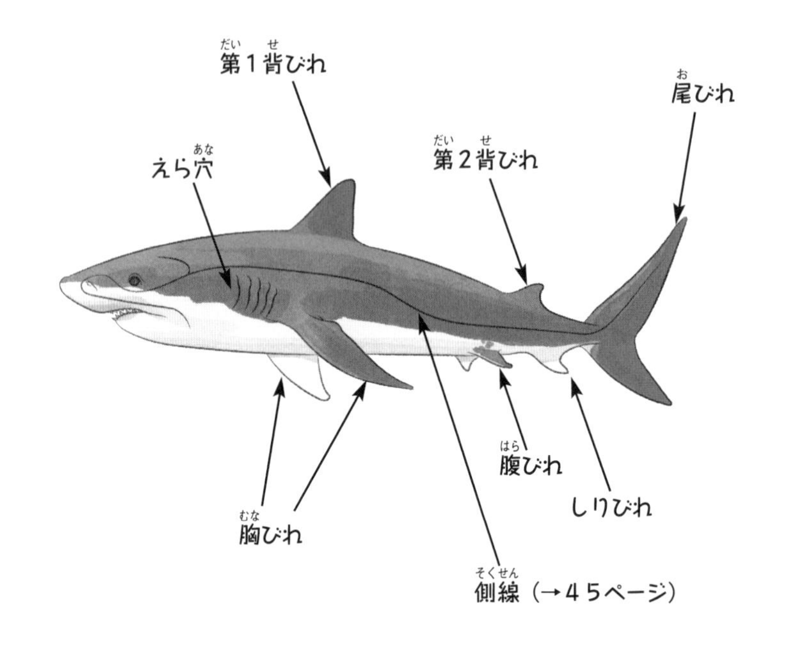

や姿勢を安定させる役割をし、また、飛行機の翼のようにのびた胸びれは、水中で体を浮かせるはたらきをしています。

サメは、ひれがなくなると、ちゃんと泳げなくなり、獲物がとれなくなってしまうんだ。

ほかの魚とはここがちがう

　サメは魚類ですが、ほかの多くの魚たちと骨格にちがいがあります。ほとんどの魚の体は硬骨（かたい骨）でできていますが、サメの体は軟骨（やわらかい骨）でできています。

軟骨は、硬骨にくらべてかるく、動きがしなやかです。そのため、サメはすばやく動けるし、水中で楽に浮くことができるのです。

わたしたち人間のからだは、硬骨と軟骨の両方でできているの。鼻や耳の骨は軟骨なのよ。

また、魚の多くが、体の中に「浮き袋」を持っていて、それをふくらませることで浮いていますが、サメにはこの浮き袋がありません。かわりに、油がはいった大きな肝臓があります。油は水よりかるいため、水中でサメの体を浮かせるのに役立っています。

えら呼吸

海にすむ生き物のなかにも、イルカのように肺呼吸をするものがいて、海面に頭を出して息つぎをします。一方、サメは、ほかの魚類の仲間とおなじように、えら呼吸です。水の中にいながら、えらを使って息をします。

ホホジロザメ、アオザメなど「遊泳性」のサメは、止まるとえら呼吸ができない。だから、眠るときも泳いでいるんだよ。

サメは、頭の左右の側面に、それぞれ５～７つの切れこみのような「えら穴」を持っています。口から取りこんだ水を、えらに送って酸素を吸収し、残りをえら穴から水中に出します。えらで取りこんだ酸素は、血液によって全身にはこばれます。

「サメはだ」の秘密

　サメの皮ふは、ひじょうにじょうぶです。大型のサメでは厚さが１０センチメートルほどもあり、体を衝撃やけがから守っています。
　皮ふの表面はとてもザラザラしています。これは、「楯鱗（楯のような鱗、という意味）」と呼ばれるうろこがあるためです。
　このうろこは、歯に似ていて、うしろ向きにとがっています。そのため、サメの体を頭から尾に向かってなでてもいたくありませんが、ぎゃくに、尾から頭に向かってなでるとやすりのようにザラザラしています。なかには、なでるだけでこちらの手が血だらけになってしまうほどトゲトゲしたうろこを持つものもいます。

そして、このうろこは、サメがはやく泳ぐのにひと役買っています。うろこの表面にこまかな溝があるため、泳ぐときに水が前からうしろへなめらかに流れ、水の抵抗がへるのです。

研究者たちは、サメの歯はうろこが発達してできた、と考えているそうよ。
また、こうしたサメの皮ふの特長をヒントに、競泳用の水着が開発されて、たくさんの世界記録が生まれたんですって。

カムフラージュの達人

サメの多くは、背中側は黒っぽい色をしていて、腹側は白っぽい色をしています。この2色づかいが、海の中で、絶妙なカムフラージュ効果をはっきするのです。

上からだと、水中の色にとけこんでしまうため見えづらく、また、下からだと、上からさしこむ明るい日ざしにまぎれて、サメの白い腹部が見えづらいのです。そのおかげで、サメは獲物に気づかれることなく、近づくことができます。

あごと歯

「ジョーズ」という題名の、巨大ザメが出てくる有名な映画があります。ジョーズとは「あご」のこと。サメのあごはとても強力です。また、あごの骨は頭蓋骨とはべつなので、獲物にかみつくとき、あごだけ前につき出せるようになっています。それで、口がガバッと開き、歯が獲物の肉に大きく、深くささるのです。

サメの歯は、口の内側に向かって生えていて、獲物をがっちりと引っかけられるようになっています。

また、なにをえさにしているかによって、サメの種類ごとに歯の大きさや形がちがいます。

たとえば、ホホジロザメは、イルカやアザラシなど大型動物をおそうことがあり、歯はするどい三角形で、ふちがノコギリのようにギザギザしています。これは、肉を食いちぎるのに向いています。アオザメやニシレモンザメなどは、すべりやすい魚を逃がさないように、ほそ長い牙のような歯を持っています。また、どんな物でも食べてしまうイタチザメ（別名タイガー・シャーク）の歯は、「ハート形」とか「とさか形」といわれる形をしており、ウミガメの甲羅などもバリバリとかみくだいてし

左の写真とくらべ、下の写真では、あごが前に出て、口が大きく開いているのがわかるね。ほとんどのサメは、5列以上の「歯列」があるんだ！

まいます。さらに、カニや貝類を好んで食べるネコザメは、かたいカラをくだいてすりつぶせるよう、奥歯が平らな臼状になっています。

そして、サメ類に共通しているのが、歯の生えかわりです。サメの歯はなん列にもならんでいて、つねに新しい「予備の歯」が出番を待っています。いま使っている

歯が欠けたりすりへったりすると、すぐにうしろの歯が前の歯をおし出し、入れかわります。歯はなんどでも生えかわり、一生のうちに数千本から数万本もの歯を使います。たとえばホホジロザメが、１回の狩りで使う「第一線」の歯は５０本ほどですが、一生で使う歯は２万～５万本にもなるといわれます。

平たい頭とすぼまった口を持つコモリザメ。なん千本もの小さなノコギリ歯と強いあごで、好物のイセエビをかみくだいて食べるの

古代の巨大ザメ、メガロドン

古生物学者が古代の生物のことを知る手がかりになるのが、化石です。化石とは、大むかしの動物や植物が地中に埋まり、長い年月のあいだに地層の中に残ったものです。

サメの体は軟骨でできているため、化石があまり残っていません。軟骨は化石になる前にくさってしまうからです。しかし、かたい歯やあごの化石が見つかることがあります。

現在、肉食ザメのなかで最大なのはホホジロザメですが、そのホホジロザメの歯の倍もある化石が見つかっています。この巨大な歯の持ち主は、メガロドン。なん百万年も前に生きていた古代ザメです。歯から推測すると、体長は１３～１８メートル、口の横幅は２メートル以上あったと考えられています。

メガロドンは、クジラを食べてしまうほど大きく、日に１トンのえさを食べ、世界じゅうの海をすみかとしていたとされています。

3　海のハンター

　サメの仲間がなん億年という長い年月を生きぬいてこられたのは、たぐいまれな狩りの能力のおかげだといわれています。魚、貝、イカ、タコ、ウミガメ、鳥、イルカ、アシカ、アザラシ、そして、ときにはサメの仲間さえも、的確に追いつめてとらえます。獲物をさがしているときのサメは、すべての感覚をとぎすまして泳いでいて、まさに究極の「海のハンター」です。

サメの「側線」

　サメをふくむ魚類の仲間には、「側線」と呼ばれる感覚器があります。これは、鼻先から尾にかけて、体の両側に１列にならんでいて（→３４ページに図解）、水流のわずかなみだれや水圧、温度の変化などを感じとるセンサーです。

サメは弱った獲物をねらうことが多いのですが、どこかで傷を負った魚がもがいていると、サメは側線を使って、その振動をキャッチします。

また、側線には、群れで泳ぐときにおなじ仲間を見わける、ほかの魚や生物とぶつからないよう距離をはかる、といった機能もあるといわれています。

サメはとても鼻がいい

サメの持つすぐれた感覚器のなかでも、いちばんの強みは、においを感じとる嗅覚だといわれています。

サメは口とえらを通して呼吸をするため、鼻は呼吸には使わず、においをかぐためだけに使います。まず「鼻孔」と呼ばれる鼻の穴から水を取りいれると、その水が持っているにおいの情報を、脳にある「嗅球」に送り、そこでなんのにおいかを判別します。

サメのなかでいちばんするどい嗅覚を持っているのは、ホホジロザメだよ。

サメは、遠くはなれていても、獲物のにおいがわかります。また、１００万分の１にうすめた血液でも、かぎつけるといわれています。これは、オリンピック競泳用のプールに血を１滴落としたほどのわずかな量です。ですから、けがをしたまま海で泳いだり、銛で魚を傷つけたりするのは、ひじょうに危険です！

かすかな音も聞きわける

サメは耳もよく聞こえます。サメの耳は、目のうしろの空洞部分、体の中にあります。この内耳で、２キロメートル先のかすかな音も聞きとることができるといわれています。

このように、サメはすべての感覚器を使って、傷ついた魚がもがくようすや、ふつうとはちがう水の動きを敏感に感じとります。

サメが、けがをした魚や死んだ動物を食べてくれるおかげで、海がきれいな状態に保たれ、ほかの魚の健康が守られているともいえます。サメは「腐食動物」（→１８ページ）としても、重要な役割をはたしているのです。

クジラの死体は分解されるのに時間がかかるから、そのままほうっておくと、海をよごしてしまうの。大きなクジラも食べてしまうサメは「海のそうじ屋さん」ね。

広い範囲が見える

サメの両目は、頭の左右にわかれてついているため、一度に広い範囲を見ることができます。澄んだ水の中なら、３０メートル先まで見通すことができます。また、暗がりの中でもよく目が見えます。

サメは、大きな獲物におそいかかるとき、獲物の反撃で目を傷つけられないように、目玉をくるりと回転させたり、「瞬膜」というまぶたのようなものを閉じたりして、目を守ります。

「ウナギザメ」とも呼ばれるラブカも、れっきとしたサメの仲間。その目は、暗がりでもよく見えるの。3億5千万年前の古代ザメそのままの姿をしているといわれ、「生きた化石」と呼ばれるわ

「ロレンチーニ器官」とは？

サメは、嗅覚、聴覚、視覚などのほかに、電流を感じとる「ロレンチーニ器官」を持っています。これは、サメが持つ特別な器官です。鼻先やほおのまわりにプツプツとあいた穴がそれで、ここで獲物が動くときに出すわずかな電流を感じとって、獲物の動きを知ることができるのです。

ロレンチーニ器官はとてもデリケートで、鼻先を強くなぐられたりすると、感覚がおかしくなってしまいます。「サメにおそわれたら、とにかく鼻先をなぐりつけると、逃げていくことがある」といわれるのは、そのためです。

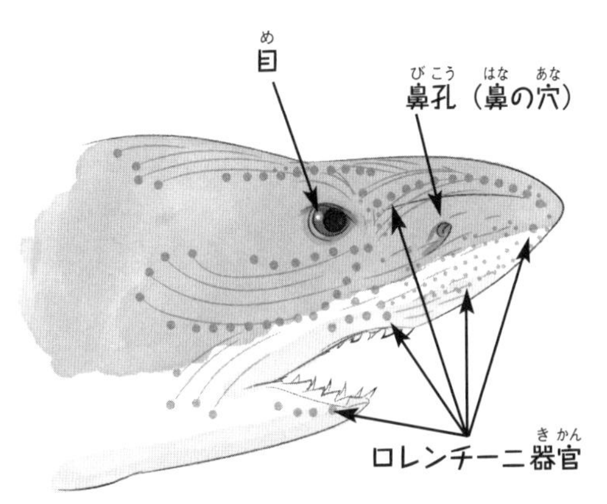

このたくさんの小さな穴が、ロレンチーニ器官。「サメの第六感」と呼ばれているよ。最近の研究では、方位磁針の役割もしているらしい、といわれているんだ

こわがっているのは、サメのほう？

じつは、こちらがなにもしないのに、サメのほうからおそってくるということは、まずありません。じっさい、サメにおそわれる人の数は、雷に打たれる人の数よりも、山で雪崩に巻きこまれる人の数よりも、ずっと少ないのです。

サメはむしろ、人間をさけたがります。まれに人がおそわれることはあっても、そのほとんどが、人間を獲物のアザラシやウミガメとまちがえる「かんちがい事故」

ホホジロザメが姿を見せる南アフリカやオーストラリアの海では、サメが海水浴場にはいってこられないよう、ネットを張っているところもあるんですって

だと考えられています。獲物をさがしているときのサメは、動くものにとっさに反応して攻撃します。だから、海中でバタ足したり、サーフボードに乗って水をかいたりしている人間と、いつもの獲物を見わけることはむずかしいのです。

サメにおそわれないために

人間がサメにおそわれることはめったにないものの、安全のためには、つぎのようなことに気をつけるとよいでしょう。

まず、海で泳ぐのは昼間だけにして、夜や朝の海にははいらないようにすること。ほとんどのサメは夜行性で、夜に狩りをするからです。そして、嵐のあとなど海水がにごっているときも、サメが狩りをすることが多いので、泳がないようにしましょう。

また、けがをしているときは海にはいらないこと、みんなからはなれてひとりで泳がないこと、遊泳禁止の場所にはいらないこと、釣りをしている人のそばで泳がないことなども、心得ておきましょう。

サメが近くにいることがわかったら、大声でさけんだり、バシャバシャ水しぶきをあげたりせず、平泳ぎなどで静かにその場をはなれて岸にあがりましょう。

だれがホホジロザメをおそったか？

2003年、オーストラリアの研究者が、体長約3メートルのホホジロザメに発信機をつけて海に放しました。この発信機は、ホホジロザメが泳いでいるときの海の深さや、まわりの水温などを記録するためのものでした。

ところが、ある日、発信機だけが浜辺で発見されたのです。データを解析すると、ホホジロザメは580メートルもの深さにいたことが記録されていました。また、最初のうちは8℃だった水温が、とつぜん26℃にはねあがり、それが8日間つづいていました。

研究者たちは、このホホジロザメは、なにものかに海中深く引きずりおろされたあと、

食べられたのではないかと考えました。水温が急上昇したのは、サメがその生物の体内にはいったからではないか、と。

しかし、体長が３メートルのホホジロザメを食べてしまうほど巨大な生物とは？　そして、つめたい深海で胃の中の温度が２６℃もある生物とは……？　こたえはまだわかっていませんが、犯人はシャチか、あるいは、もっと巨大なホホジロザメではないかと見られています。

4　ネコ科の肉食動物

サメが海の強力なハンターだとすると、陸の強力ハンターはネコ科の動物かもしれません。しなやかな体と、強い足、本能としてそなわった狩りのセンス。ネコ科の動物は、走る、登る、とぶ、のすべてにすぐれています。

ネコ科の動物が、地球にはじめて姿をあらわしたのは、およそ２５００万年前といわれています。古代のネコとしてもっともよく知られるのがスミロドン（サーベルタイガーとも呼ばれる）で、呼び名のとおり、サーベル（刀剣）のような牙を持つ猛獣です。３０センチメートルものするどい牙で、巨大なマンモスにもおそいかかったとされています（**マジック・ツリーハウス第４巻『マンモスとなぞの原始人』**に出てきます）。

「本能」とは、動物が、生まれつきもっている能力や行動のしかたのこと。教えてもらわなくても、もともと身についているものだよ。

前歯の左右にある長い牙は、「犬歯」と呼ばれるの。動物を狩る肉食動物にとって、獲物をすばやくしとめるための大切な武器ね

大小さまざまなネコ科動物

　現在、野生のネコ科動物は、世界に約４０種。大小さまざまなものがいます。いちばん大きいのはアムールトラ（シベリアトラとも呼ばれる）で、体長3メートル、体重３５０キログラムにもなります。一方、小さいものにはクロアシネコなどがいます。クロアシネコはアフリカの乾燥地帯にすむ野生のネコで、オスでも体長は３５～５０センチメートル、体重は2キログラムを下まわります。

暑い場所にも、寒い場所にも

　野生のネコ科動物は、オーストラリア大陸と南極大陸をのぞく、すべての大陸にいます。世界各地のさまざまな気候の中でくらしていて、暑い場所にすむものや、ぎゃくに、寒い場所にすむものもいます。

　暑いところにすむネコ科動物といえば、ジャガー（**マジック・ツリーハウス第３巻『アマゾン大脱出』、第４０巻『カリブの巨大ザメ』**に出てきます）。ジャガーは、おもに中央アメリカや南アメリカのむし暑いジャングル

ほとんどのネコ科の動物は、１頭だけで行動するけど、ライオンは「プライド」と呼ばれる群れをつくって、集団でくらしているわ

でくらす大型のネコ科動物です。

「百獣の王」ライオンは、むかしは世界じゅうに広くすんでいましたが、いまは、アフリカのサバンナ（草原）やインドの森にしか見られません（**マジック・ツリーハウス第６巻『サバンナ決死の横断』**に出てきます）。

一方、寒いところにすむのがユキヒョウです。ユキヒョウは、中央アジアの雪がたくさん降る高い山の上でくらしています。

また、ピューマは、さまざまな気候の中でくらしています。北アメリカ大陸から南アメリカ大陸の南端にかけての広い地域で、砂漠、

「サバンナ」は、まばらに木が生えている熱帯の広い草原。雨季と乾季があるんだよ。

ピューマは、「クーガー」とか、「マウンテン・ライオン」とも呼ばれるよ

湿地、森林、平原、雪の高山と、じつにいろいろなところにすんでいます。

肉食のなかの肉食

　ネコ科の動物は、みんな肉が大好き！　というのも、ネコ科の動物が成長するため、健康でいるためには、肉にふくまれる動物性タンパク質と脂肪が、どうしても必要なのです。

　また、カルシウムも重要で、それは、動物の骨を食べることで取りいれています。

骨を食べているおかげで、歯と歯ぐきもじょうぶなのね。

ネコ科の動物が獲物をおそうときは、獲物があばれまわらないよう、するどい犬歯で瞬時にしとめます。食べきれない肉はかくしておいて、なん日もかけて食べます。

トラ、ピューマ、ライオンなどの大型のネコ科動物は、大量の肉を食べます。たとえば、ピューマは１日に平均５キログラムの肉を食べ、また、トラは１食で１０キログラムをペロリとたいらげることもあります。

ネコ科の動物はみな、ザラザラとした舌を持っていて、この舌で獲物の肉を、皮や骨からはぎとります。

ネコ科の動物は、自分の体をなめてきれいにするんだ。仲間どうしで、たがいの体をなめあうこともあるよ

陸上動物きっての短距離ランナー

ネコ科動物の多くが、すばらしい短距離走者です。そのなかでもとくに足がはやいのがチーター。走りはじめてたった数秒で、時速１１３キロメートルに達したという記録もあります。ただし、全力で走れるのは、およそ４００メートルといわれています。

チーターは、陸上の動物のなかでいちばん足のはやい動物。走っているときは、長いしっぽで体のバランスを取るのよ

トラは草むらに身をかくすと、しまもようのために、
ほとんど見わけがつかなくなるよ

爪と肉球

　ネコ科の動物は、前足に５本、うしろ足に４本の爪を持っています。とくに前足は、狩りのときに獲物をおさえつけたり、切りつけたりするのに使うため、いつも爪とぎをして、するどさを保っています。木登りがうまいのも、するどい爪のおかげです。

　多くのネコ科動物たちは、ふだんは足の爪を筋肉の中にしまっています。そうしておくと、爪をすりへらさずにすみ、足音をしのばせて獲物に近づくこともできます。

また、足のうらにある「肉球」も、足音をたてずに獲物に近づくときや、高いところから飛びおりるときのクッションのような役割をしています。

チーターは、ネコ科にはめずらしく、爪の出し入れができない。これは、爪を出したままにして、いつでもはやく走れるようになっているからだよ。

毛皮ともよう

ネコ科動物の体は毛皮でおおわれています。とくに、寒い地域でくらすものは、ぶ厚い毛皮を持ち、足のうらまで毛がびっしりと生えています。雪の上を歩くときには、この毛が、すべり止めの役割をします。

そして、体のもようは、カムフラージュに最適です。ヒョウ、ジャガー、チーターなどは、うす茶の地色に黒っぽいはんてんもようです。こうしたもようは、よく「ヒョウ柄」と呼ばれ、木の上や草むらの中では、まわりから見つけづらくなっています。うす茶色は景色にとけこみ、はんてんは葉や草のかげにまぎれてしまうのです。

トラのしまもようは、どれもそっくりに見えるけど、1つとしておなじものはないんですって。

ライオンも、獲物たちに見つかりにくい体をしています。金色に近いうす茶色の体は、アフリカの草原の色にそっくりです。

また、はい色の毛にはんてんもようというユキヒョウの体も、雪降る崖や岩のあいだでは、ほとんど見わけがつきません。

ネコ科の目、耳、鼻

ネコ科の動物は、早朝や夕ぐれになると活発に動きまわります。そのため、暗がりでも目がよく見えます。

また、耳もよく聞こえます。左右の耳はべつべつに動くようになっていて、気になる音のする方向に自由に向けることができます。さらに、人間には聞きとれない高音を聞きとり、獲物がいる方向や距離を、音から知ることもできます。

ネコ科の動物は、においにも敏感です。鼻とはべつに、口の中に「ヤコブソン器官」という、においを感じる器官を持っています。口からはいったにおいは、上あごにあるヤコブソン器官を通って、脳に届けられます。

大切なひげ

ネコ科の動物には、口のまわり、ほお、あご、目の上、そして足にも、長いひげや毛が生えていて、これらがとても重要な役割をしています。ひげや毛のつけ根には、たくさんの神経が集まっていて、かすかな空気の流れも感じとります。また、このひげは、物にぶつからずに歩くためのアンテナの役目もしていて、せまいすき間を通るときは、ひげの感触によって、通りぬけられるかどうかを判断しています。

ひげは、ネコ科の動物が生きていくうえで、とても大切なもの。もしひげがなくなったら、まっすぐ歩くのもむずかしいんだ

鳴き声で気もちがわかる!?

野生のネコ科動物も、家で飼っているペットのネコも、鳴き声で気もちがわかります。さあ、このネコさんたちの“気もち”を聞いてみましょう！

ウオォォーーン！
オレさまはここだぁー！
ここにいるぞぉー！
ナァーーオ！
カノジョがほしいー！
“運命のメス”は
どこにいる？
ゴロゴロゴロ
大好きにゃ！
スリスリスリ……
ミャーオ……
くつろぎタイムにゃー……

人はいつからネコを飼いはじめた？

現在、ネコは、ペットとしてたいへん人気があります。ネコが人間に飼われるようになったのは、1万2000年以上前からだといわれています。そのころ、中東にすむ人々が農作物を作ってくらすようになりました。ところが、収穫した作物をネズミが食いあらすようになったため、ネコを「ネズミ退治役」として飼いはじめたのではないか、と考えられています。

　また、およそ４０００年前の古代エジプトでは、ネコは女神としてあがめられていて、これまでに、美しい彫刻がほどこされたネコの女神像などが発見されています。そして、ネコはペットとしてもかわいがられていたようで、古代の墓の中から、ネコの銅像やミイラがたくさん見つかっています。１８９０年に発掘されたある墓からは、なんと３０万体ものネコのミイラが出てきて、人々をおどろかせました。

漁をするネコ

「漁をするネコ」なんて、聞いたことがありますか？　インドネシアや、インド、ベトナム、スリランカには、魚をとってくらす野生ネコがいます。その名はスナドリネコ（漢字で書くと「漁り猫」）。これは、はい色の毛に黒っぽいはんてんもようがある中型のネコで、体長は５５～８５センチメートル。川や沼地など水のそばにすみ、鳥やカタツムリ、カエルやヘビのほかに、魚をとって食べます。

スナドリネコは、前足で水面をポンポンとかるくたたき、魚がそれをエサの昆虫だとかんちがいして浮きあがってきたところを、すかさずつかまえます。指のあいだには水かきがついていて、魚やカエル、ザリガニなどをすくい取れるようになっています。

また、泳ぐときは、ふとく短いしっぽを舵のように使い、うまく体のバランスを取ります。ときには水中にもぐり、水面に浮かぶ水鳥をつかまえることもあります。

しかし、近年では、人間の移住や公害のために、沼地がへり、スナドリネコのすみかもどんどんせばまっています。絶滅が心配される動物の１種です。

5　イヌ科の肉食動物

しんと冴えわたった冬の夜に、遠ぼえをするオオカミの声。その神秘的なひびきは、一度聞いたらけっしてわすれないといいます。

オオカミは、犬の仲間、つまり「イヌ科」の動物です。イヌ科にはおよそ３５種の動物がいて、南極大陸をのぞくすべての大陸に生息しています。イヌ科の動物には、犬とオオカミ以外にも、コヨーテ、ジャッカル、リカオン、キツネ、タヌキなどがいます。

イヌ科の動物には、耳がピンと立っている、足が長い、しっぽがふさふさ、鼻面がしゅっと前につき出ている、などの特ちょうがあります（もちろん例外もいますが）。

イヌ科で最大の動物は、タイリクオオカミ（ハイイロオオカミとも呼ばれる）です。体長は１００〜１６０センチメートル、体重は小さいもので２０キログラム、大きいものは７０キログラムをこえます。
一方、小さい種類には、ブランフォードギツネがいます。体長は４２～４５センチメートル、体重は１～２キログラムほどです。

北アフリカやアラビア半島にすむフェネックギツネは、さらに小さく、体長３０～４０センチメートルだよ。

タイリクオオカミ
（ハイイロオオカミ）

ブランフォードギツネ

世界じゅうにすむイヌ科の仲間たち

野生のイヌ科動物も、ネコ科動物とおなじく、世界じゅうに広く生息していて、すんでいる場所も、草原、森林、高山、砂漠といろいろです。なかでも、もっとも広い地域にちらばっているのがタイリクオオカミとアカギツネです。タイリクオオカミは、北アメリカ、ヨーロッパ、アジアの６５か国に、アカギツネは、５大陸８３か国に生息しています。

とくにいろんな種類のイヌ科動物がいるのは、アフリカ、アジア、南アメリカよ。

タイリクオオカミは、現代のぼくたちが飼っている犬（イエイヌ）の祖先なんだ。

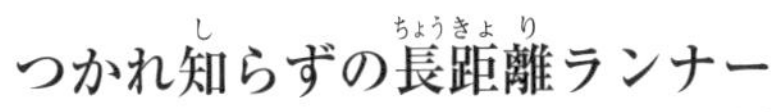

つかれ知らずの長距離ランナー

ほとんどのイヌ科動物は、長い足で、長時

リカオンは、時速６５キロメートルのスピードで、１時間も走りつづけることができるんですって！

間走りつづけることができます。

オオカミやコヨーテが移動するときは、歩くより、「小走り」していることのほうが多いのです。時速約１３キロメートルで走りつづけ、ひと晩で１００キロメートル移動してしまうこともあります。

いつもはトコトコ走っていても、獲物をしとめる最後の瞬間には、本気を出します。突然スピードをあげ、一気に追い打ちをかけるのです。

人間が持つ嗅覚細胞の数は、約５００万個だそう。
イヌのくわしい話は、『マジック・ツリーハウス探険ガイド すばらしき犬たち』にものっているよ。

するどい嗅覚と聴覚

長距離走が得意なイヌ科動物ですが、最大の強みは、なんといっても、鼻がよいこと。長くつき出た鼻には、嗅覚細胞が３億個もつまっているといわれます。

また、耳もよく聞こえます。その名もオオミミギツネというアフリカのキツネは、体長約５０センチメートルに対して、耳が約１２センチメートルもあり、大好物のシロアリが動くときのわずかな音を聞きとって、つかまえます。

北国のキツネは、ふかい雪の下にいるノネズミの気配を感じとることができるの。ねらいを定めたら、高くとんで、頭から雪の中にズボッともぐって、つかまえるのよ

食べる物はさまざま

イヌ科の動物たちは、種やくらす環境によって、さまざまな物を食べます。

たとえば、タイリクオオカミは、ネズミ、鳥などの小動物のほか、群れで狩りをして、シカやヘラジカ、トナカイなどの大きな動物もしとめます。なかなか獲物が見つからないときは、人間の残飯をあさったり、家畜をおそったりすることもあります。

　また、ジャッカルやタテガミオオカミは、小動物や昆虫のほかに、草花や木の実も食べます。アフリカの南部と東部にすむセグロジャッカルは、おもに動物の肉を食べますが、おやつがわりに、よくパイナップルを食べるといいます。そして、コヨーテは、ヒツジ、鳥、カエル、木の実となんでも食べ、畑でスイカを食べているところを見つかることもあります。

群れをつくって集団生活

オオカミの群れは、「パック」と呼ばれるよ。たいてい7〜8頭で1つのパックをつくるんだ。

　タイリクオオカミ、ジャッカル、リカオンなど、イヌ科動物の多くは、群れをつくってくらしています。きびしい自然の中では、1頭よりも集団でくらすほうが、生きのびられるチャンスが大きいからです。

　まれに1〜2頭で狩りをすることもありますが、たいていは、群れで獲物をおそいます。おおぜいのチームで狩りをすることによって、ヘラジカやトナカイなど、自分たちより体が大きな動物をしとめることができるのです。

群れのリーダー

群れをつくってくらすイヌ科のなかでも、オオカミはとくに、上下関係がきびしい群れで生活します。群れのリーダーは、いちばん強いオスがつとめます。このリーダーは、「アルファ・メイル」と呼ばれ、その妻は「アルファ・フィーメイル」と呼ばれます。

１つの群れのなかで、子どもをつくるのは、このアルファのカップルだけです。残りのオオカミたちは、子オオカミの世話をする役目で、獲物をとってきたり、敵におそわれないよう守ったりします。

イヌ科動物のコミュニケーション

イヌ科の動物は、体や身ぶりでさまざまな感情をあらわします。たとえば、首や背中の毛をさか立てているときは、自分を強そうに見せて相手をこわがらせたいか、反対に、なにかにおびえてびくびくしている状態です。

また、アルファ・メイルのオオカミは、ほかのオオカミに腹を立てると、そのオオカミの目をギロリとにらみ、無言の怒りをあらわします。

オオカミ、コヨーテ、野犬などは、自分がいる場所を仲間に知らせるために、遠ぼえをします。コヨーテは、１頭が遠ぼえをはじめると、仲間もいっしょにほえはじ

毛がさか立つのは、毛の根もとにある立毛筋という筋肉がちぢむからよ。これは、鳥肌が立つのとおなじで、自分の意思ではどうにもできないんですって

め、ついには大合唱になることがあります。これは、ほかの群れのコヨーテに向かって、「ここはおれたちのなわばりだ。はいってくるな！」と警告しているのです。

　オオカミは、遠ぼえ以外にも、うめき声を出したり、金切り声をあげることもあります。キツネは、ピンチになると、さけび声をあげますが、その声は、まるで人間がさけんでいるようだといいます。

絶滅が心配されるイヌ科動物

イヌ科の動物のなかには、数がひじょうに少なくなっている動物たちがいます。リカオン、ドール、タテガミオオカミなど多くの種が、絶滅危惧種をまとめた「レッドリスト」に記載されていて、このままでは、やがていなくなってしまうと心配されています。

ドールは、インドや東南アジアの森林にすむイヌ科の動物。すみかを追われ、群れで家畜をおそうようになったため、どんどん人間に殺されて、いまでは2500頭以下にまで数が減少してしまったんだ

エチオピアオオカミ（アビシニアジャッカルとも呼ばれる）は、アフリカに残るただ１種のオオカミですが、イヌ科のなかでもっとも絶滅が心配されている動物です。標高３５００メートルのエチオピアの高山で、群れをつくってくらしていますが、すめる場所がへったり、病気が広まったりしたせいで、現在その数は、５００頭以下になってしまったといわれます。

すぐにでも手を打たなければ、これらの美しい動物たちが、地球からかんぜんに姿を消してしまうかもしれません。

自然を救ったオオカミ

かつて、アメリカ北西部のイエローストーン国立公園のまわりでは、野生のオオカミが、家畜のウシやヒツジをおそっていました。そこで、地域の人々はオオカミの駆除をはじめ、１９２６年までにほぼ全滅させてしまいました。

するとまもなく、国立公園の川辺に生えていたヤナギの木がまったく育たなくなりました。理由は、天敵のオオカミがいなくなったせいで、野生のアメリカアカシカの数が増え、このシカたちが、ヤナギの若い芽をみんな食べてしまっていたからです。

それから数十年のあいだ、野生生物の専門家チームは、地域の人々と話しあいをかさね、１９９５年～９６年、国立公園とその周辺に、３０頭ほどのオオカミを放ちました。

しばらくすると、ヤナギの木がふたたび育ちはじめました。オオカミがもどってきたことで、増えすぎていたアメリカアカシカの数が、以前とほぼおなじにもどったからでした。
いまのイエローストーン国立公園に豊かなヤナギ林があるのは、オオカミたちのおかげです。野生のオオカミを復活させることで、自然環境を復活させたこの試みは、「野生動物をめぐる２０世紀最大の実験」と呼ばれています。

6　頂点捕食者

「頂点捕食者」（→２０ページ）には、体の大きなライオンやトラ、ツキノワグマなどがいますが、なかには、ひじょうに小さいものもいます。

たった１５ミリの頂点捕食者

グンタイアリは、南アメリカやアフリカなどで見られる、どう猛な頂点捕食者です。体長わずか１２～１５ミリのアリがそれほどおそろしいとは信じがたいですが、グンタイアリが隊列を組んでおそいかかると、大蛇やジャガーも逃げだすほど手ごわい捕食者になるのです。

グンタイアリは１か所にとどまらず、つぎつぎとすみかを変えます。なん万匹、なん十万匹ものグンタイアリがずらりとならんで移動をはじめると、地面も、木も、草むらも、まっ黒におおわれます。人間の家の中を行進することもあり、そうなると、住人たちは外に避難して、やり過ごすしかありません。グンタイアリの進撃は、だれにも止められないのです。

グンタイアリは、ほとんど目が見えませんが、かすかな振動やにおいを感じとって、獲物をさがしだします。ねらいをつけた獲物には、集団でいっせいにおそいかかり、鎌のようなするどいあごで肉を引きちぎります。クモやサソリなどの小さな生物をおそうことが多いですが、トカゲ、ヘビ、鳥など、出くわす生き物はかたはしから攻撃します。馬やウシ、人間をおそうこともあり、グンタイアリの前では、だれも安全ではありません。

電撃を放つ魚

南アメリカのアマゾン川や、オリノコ川にすむデンキウナギも、ひじょうに手ごわい頂点捕食者です。

デンキウナギは、体長およそ2.5メートルの肉食魚。強力な電気を放って獲物や敵をしびれさせます。最高電圧６００～８００Ｖの電撃は、デンキナマズの４００～５００Ｖ、シビレエイの７０～８０Ｖなどにくらべてもかなり強烈で、川をわたる馬を気絶させ、かみついたワニを感電死させてしまうほどです。

デンキウナギは、夜行性の魚で、昼間はかくれているため、なかなか正体がつかめないんだ。生体的には、ウナギよりも、コイやナマズに近いそうだよ。

どっちが強い？　ダイオウイカ 対 クジラ

一方、頂点捕食者のように見えて、そうでない生物もいます。たとえば深海にすむダイオウイカは、大きくてするどいクチバシ状の口と、バスケットボール大の目を持つ、最大１８メートルの巨大イカで、無敵のように思えますが、いつもマッコウクジラからねらわれています。

マッコウクジラは、オスは体長２０メートルにもなるほ乳類です。１本１キログラムもある巨大な歯を持っていますが、獲物をとらえるときは、その歯でかみつくのではなく、ひと飲みにしてしまうのです。

マッコウクジラ

みんな必要

これまで見てきたように、ほかの動物を食べる肉食動物も、食べられてしまう生き物も、それぞれが自然界のバランスを保つために、大切な役割をはたしています。地球上の生き物は、たがいにつながりあった、1つの大きな共同体なのです。

鳥類のチャンピオン、オウギワシ

ワシ、タカ、フクロウなどの鳥は、「猛禽類」と呼ばれます。猛禽類とは、ほかの鳥や動物をとって食べる肉食の鳥類のことで、なかでも最強といわれるのが、オウギワシです。

オウギワシは、中央アメリカや南アメリカの熱帯雨林にすんでいます。羽毛は白とはい色で、頭の上の冠羽が「扇」を広げたように見えることから、この名がつきました。全長約１メートルで、がっしりとした足の先たんには１０～１３センチメートルもあるおそろしいかぎ爪がついています。これは、クマの爪とほぼおなじ大きさです。

広げると２メートルにもなる大きな翼で、上空からスィーッと下降し、フクロネズミやイグアナ、サルやナマケモノなどをつかんでさらっていきます。長くのびた尾でバランスを取りながら、密林の木々のあいだをすり抜けて飛ぶさまは、じつにみごとです。

オウギワシは、つがいになった相手と生が

いいっしょにすごします。木の上に、小枝を使って、直径1.5メートル、深さ1.2メートルもの大きな巣を作り、中にはやわらかい草や動物の毛をしきつめます。一度巣を作ると、そこでなん年もくらします。

南極の王者、ヒョウアザラシ

南極にすむヒョウアザラシは、アザラシのなかでただ1種の頂点捕食者です。ガバッと開く大きな口の中には、するどい牙がならんでいて、あごも強じんです。よく食べるのは、オキアミ（エビに似た甲殻類）、イカ、魚、ペンギンなどですが、ほかのアザラシを食べることもあります。

体長は2.5～3.6メートルで、体にヒョウのようなはんてんもようがあることから、この名まえがついたといわれます。大きなひれ足を使ってグイグイ泳ぎ、最高速度は時速38キロメートルにも達します。すばやいターンや、深いところへの潜水も得意です。

また、海に浮かぶ氷の下などにかくれて、氷上のペンギンや、アザラシたちが水にはいってくるのを待ちぶせます。水の中でヒョウアザラシに出くわしたら最後、獲物たちに勝ち目はありません。ヒョウアザラシのほうがずっと強く、泳ぎもはやいからです。

アメリカ大陸最強、ジャガー

ジャガーは、トラ、ライオンについで、3番目に大きなネコ科動物です。南北アメリカにすむネコ科では最大で、頂点捕食者です。大きなものだと体長は1.8メートル、体重は150キログラムをこえます。うす茶色の体に、黒いはんてんもようがついています。

ジャガーという名まえは、南アメリカの先住民のことばからついたもので、「ひととびで殺す者」という意味です。その名のとおり、ジャガーは、強いうしろ足でとびあがり、ウシやヒツジにおそいかかります。つづけて前足で強烈なパンチを放ち、獲物を一撃でしとめてしまいます。また、あごも強く、かむ力も強力です。

かつては、南アメリカのアルゼンチンから北アメリカのアリゾナ州にかけての広い地域で、ジャガーの姿が見られました。しかし、家畜をおそうからという理由で、人間がジャガーをつぎつぎと殺し、その結果、ジャガーの数は、絶滅が心配されるほど少なくなってしまいました。

いまでは、おもに中央アメリカの人里はなれた場所や、南アメリカのアマゾン盆地のジャングルの奥で、ひっそりとくらしています。

百獣の王、アフリカライオン

アフリカのライオンは、群れをつくってくらしています。「プライド」と呼ばれる群れには、たいてい、リーダーのオスが１頭に、メスとその子どもたちが１０～１２頭ぐらいいます。オスが外敵から群れを守り、メスたちが子どもの世話をします。また、狩りをするのもメスの役目です。

ライオンは１日のうち２０時間ぐらいをゴロゴロと寝そべってすごします。背を地面につけて足を投げだし、あお向けに寝ころがることもあれば、木に登り、枝の上でいねむりすることもあります。

メスたちが狩りをするのは、日が落ちて暗くなったころ。ねらうのは、シマウマ、ヌー、インパラなどです。集団で獲物を追いつめ、最後は円を描いて取りかこみ、しとめます。メスたちがとった獲物を、まっ先に食べるのはオスです。そのあと、メスが食べ、子どもたちはいちばん最後です。

さて、こうしてみんなおなかいっぱいになったあとは……そう、またゴロゴロと寝てすごすのです！　おやすみなさーい。

都会にも出没、コヨーテ

コヨーテは、北アメリカ全域に広く生息しています。近年は、住宅地や公園にもよくあらわれ、２００６年春には、なんとニューヨーク市マンハッタンのまん中にある「セントラル・パーク」で、野生のコヨーテが捕獲されました。このコヨーテは、「ハル」と名づけられました。

コヨーテは、天敵のオオカミがへるにつれて、数を増やしてきました。コヨーテが生きのこる理由は、どんな環境にでもうまくなじみ、食べ物もえり好みせず、なんでも食べることです。ふだんは野生のウサギや鳥などをとって食べますが、家畜やペット、人間の食べのこしや、くだものなどの植物も食べます。

コヨーテはジャンプが得意で、ひととびで３.６メートル前進することもあります。また、戦略家としても知られています。たとえば、ウサギの巣穴をおそうときは、ふた手にわかれて攻撃します。１頭が入口を掘り、ウサギがべつの出口から逃げようとするところを、べつのコヨーテたちが待ちかまえている、という作戦です。

コヨーテは、家畜をおそうという理由で、これまでなん百万頭も殺されましたが、それにもかかわらず、生息数はへっていません。いまも、大都会のまん中でくらすコヨーテがいるかもしれませんね。

7　自然界のバランス

地球上の生物は、たがいにつながっています。どの生物も、みんながともに生きつづけていくために、大切な存在なのです。ですから、「食べる」側の捕食動物と、「食べられる」側の動物のあいだにも、よいバランスが保たれていなければならないし、動物と植物のあいだにも、やはりよいバランスが必要です。

いのちをはぐくむ樹木

樹木は、さまざまな形でみんなを助けています。空気中に酸素を送り、土に雨水をためさせ、鳥や多くの生き物にすみかをあたえ、夏には街の気温を下げてくれます。

８４ページで紹介したイエローストーン国立公園では、川沿いにふたたびヤナギの木が育ちはじめると、木かげができて川の水がひえるようになりました。すると、つめたい水を好む魚のニジマスが、多くすむようになりました。さらに、ヤナギが好物のビーバーがやってきて、枝で川にダムを作ってすみはじめました。それにつづくように、鳥やカエルたちもこの公園に帰ってきました。

サメがいなくなると、サンゴ礁が消える？

ある捕食動物がいなくなると、その動物が獲物にしていた生物が異常に増えてしまうことがあります。

カリブ海のある海域では、人間がサメを殺しすぎたために、藻が大発生し、その結果、美しいサンゴ礁が全滅してしまいました。でも、サメが藻を食べていたわけでもないのに、なぜこんなことがおこったのでしょうか？

この海域のサメたちは、ハタという大型の魚をよく食べていました。サメがいなくなると、この魚たちがどんどん増えて、小魚を食べつくしてしまいました。

じつは、小魚たちは藻を食べていて、サメがいたころは、この小魚たちがサンゴ礁を藻から守っていました。

ジャマイカ沖でとれたハタ

しかし、サメがいなくなったことで、そうした関係のバランスがくずれてしまったのです。

アラスカ沿岸のラッコ

ラッコがいなくなると、みんながこまる？

かつて、アラスカ沿岸には、たくさんのラッコがすみ、ウニを食べてくらしていました。しかし、毛皮をとるために人間がラッコをたくさんつかまえたせいで、この海域のラッコは、ほとんどいなくなってしまいました。

すると、ラッコの好物であるウニがどんどん増えはじめ、そのあたりの海藻を食べつくしてしまったのです。こまったのは、海藻を食べてくらしていた、たくさんの海の生き物たちでした。

これを見た人間が、ラッコを海にもどすと、この海域にふたたび海藻が増えはじめ、以前のように多くの生き物がくらせるようになったのです。

アラスカの沿岸に、ラッコとともに豊かな自然がもどってきたの

捕食動物だってたいへんだ

この本で紹介した捕食動物たちはみんな、生きていくために、すばらしい狩りの技術をそなえています。しかし、いつでもかんたんに獲物をつかまえられるほど、自然は甘くありません。食べ物にありつけるかどうかは、運によるところが大きいのです。

じっさい、捕食動物として生きていくのは、そうたやすいことではありません。動物によっては、家族や群れの分まで獲物をつかまえなくてはならないし、食べられる側の動物も、生きのびるために必死で逃げます。なので、百獣の王と呼ばれるライオンですら、狩りが成功するのは、３回に１回。世界最速のスプリンターであるチーターも、２回に１回は、獲物を逃してしまいます。キツネにいたっては、１日じゅう走りまわったあげく、なんとか１匹のネズミを巣に持ち帰る……ということも、しょっちゅうです。

ですから、ほとんどの捕食動物は、毎日食事をしなくてもだいじょうぶな体になっています。ライオンは、大きな獲物を食べたあとは、数日のあいだ寝てくらします。ホホジロザメは、一度に３０キログラムもの肉を食べ、その後なん週間も食べずにすごします。ヘビのなかには、６か月ものあいだ、なにも食べずに生きのびるものもいるのです。

「捕食動物を守る」ということ

このように、自然界では、すべての生き物が、よいバランスで保たれていることが大切です。それにはまず、捕食動物と獲物となる動物のあいだが、よいバランスで保たれていることがカギとなります。ですから、絶滅のおそれがある捕食動物を保護することは、とても大切なことなのです。

現在、ライオン、トラ、ホッキョクグマ、オオカワウソ、チーター、ユキヒョウ、ホホジロザメ、オウギワシなど、じつに多くの捕食動物たちが、絶滅の危機にひんしています。

もし、これらの動物が、地球から姿を消してしまったら、食物連鎖のなかでその動物とつながっていた動物や植物も、消えてしまうかもしれません。わたしたち人間も、美しい木々や、きれいな海、さまざまな動物と植物がそろう世界でこそ、豊かにくらすことができます。こうした世界は、自然からのおくり物です。そして、そのおくり物は、一見、危険に思える捕食動物たちがいてくれるから、存在できるのです。

いま地球に生きる動物や植物を、きちんと未来に送りとどけるために、わたしたちはなにをしなければならないか、真剣に考えるときが来ています。

海外からやってきた動物たち

もともとその地域に生息していなかった動植物が、人間の手によって運ばれてきてすみついたものを、「外来種」といいます。外来種の増える力（繁殖力）が強すぎると、そこにいた動植物を食べつくしたりして、環境をこわしてしまうことがあります。一度こわれてしまった環境をもとどおりにするには、気が遠くなるような長い年月がかかることもあり、世界のあちこちで大きな問題となっています。

沖縄や奄美にすみついたマングース

沖縄や奄美の島々には、猛毒ヘビのハブがいて、人や家畜にひどい被害がありました。

そこで、ハブ退治のために、インドから毒に強いネコ科のマングースをつれてきて、島に放しました。しかしマングースは、天然記念物の鳥ヤンバルクイナやアマミノクロウサギを食べて数を増やしていきました。現在は、人の手でマングース退治が行われています。

釣りブームで人気となったブラックバス

　ブラックバスとは、北米原産の淡水魚オオクチバスの仲間の魚のことです。１９２５年、食用として神奈川県の芦ノ湖に放流され、釣り人気とともに全国の湖沼に広がりました。

　しかし、大型で肉食のブラックバスが、アユ、ヤマメ、イワナなどの魚をたくさん食べたため、これらの魚がへってしまいました。

　現在は、これ以上ブラックバスが増えないよう、全国で監視がつづけられています。

日本のコイは、たくましい!?

　一方、日本から海外に運ばれて、その場所の環境をおびやかしている生き物もいます。

　日本原産のニシキゴイは、体色がきれいで、飼育用にと世界じゅうに広まりました。しかし、生命力がたいへん強いため、国際自然保護連合は、環境をこわす危険がある魚として、注意を呼びかけています。

「食物連鎖」と「食物網」 ～「食べる」「食べられる」でつながる生き物たち～

１９ページで見たように、地球にくらす生き物は「食物連鎖」でつながっています。そして、「食物連鎖」の関係は、陸の上や海の中など、あらゆるところで見ることができます。

自然界の生き物を見てみると、じつは「食べる」「食べられる」の関係は一本の線のようにならんでいるのではなく、図のように、入りくんでつながっているのです。

たとえば、ドングリなどの木の実は、ネズミやリスに食べられます。ネズミはタカにも、フクロウにも、イタチにもヘビにも食べられるのです。このように、自然の生き物たちが網の目のようにつながることを「食物網」といいます。

やってみよう！

右の「食物網」の図の中に、下の(あ)～(え)の生き物がはいります。どの生き物がどこにはいるか考えてみましょう。

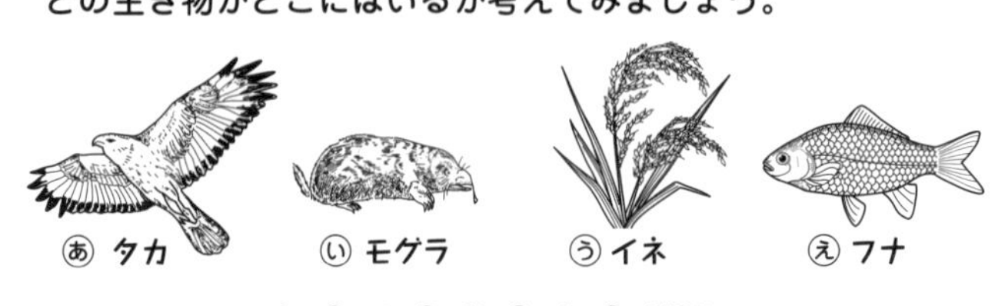

こたえ：①＝う　②＝え　③＝い　④＝あ

「食物網」の例

ドングリ→ ネズミは、「ドングリはネズミに食べられる」という意味

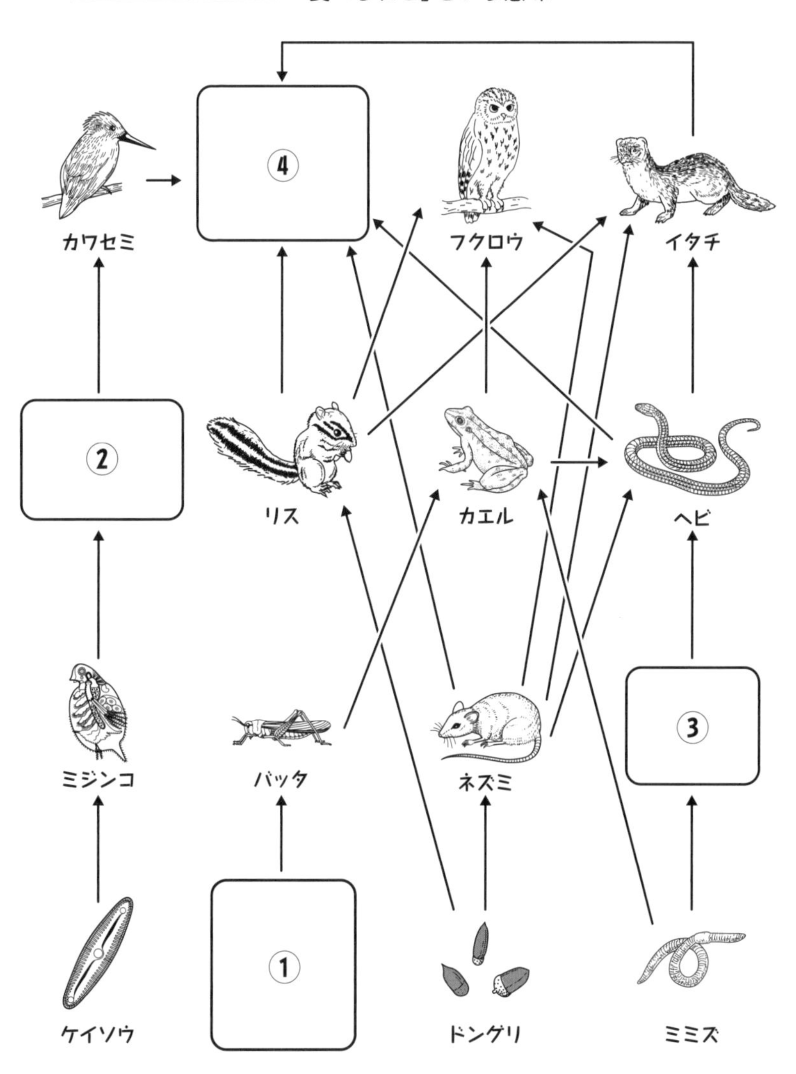

食物連鎖のピラミッド ～「食べる」「食べられる」と「多い」「少ない」を表す～

だれにも食べられることのない「頂点捕食者」(→２０ページ) は、多くの場合、体が大きく、食べる量も多いのがとくちょうです。そして、頂点捕食者が食べる小型の肉食動物や草食動物は、頂点捕食者よりも数が多く、さらに、草食動物が食べる植物は、もっと数が多くなっていきます。

このように、それぞれの生き物が食べつくされないよう、数を保っていることを、右の図のようにピラミッドで表せます。

ある動物の数がへると、その動物を「食べる」動物がへってしまったり、この動物に「食べられる」生き物が増えてしまいますよね。そうすると、ピラミッドのバランスを正しく保つことができず、自然の環境が変わってしまうのです。

自然は、生き物の「食べる」「食べられる」と、「多い」「少ない」の、ほどよいバランスでなりたっているのです。

海の生き物の例

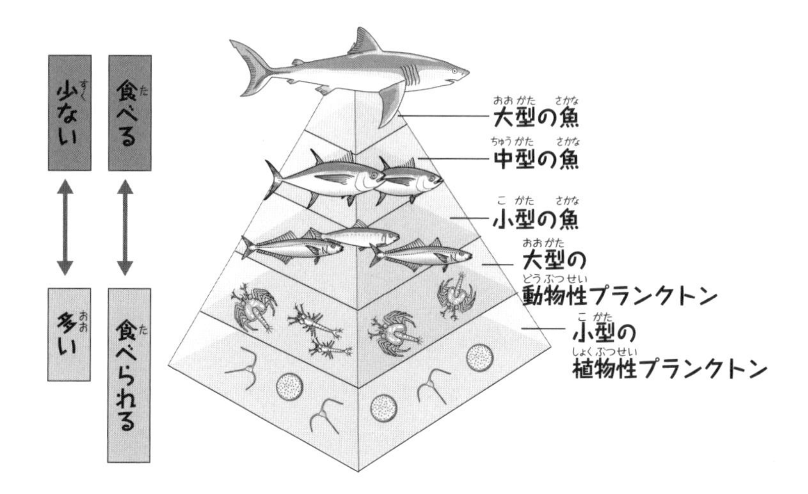

陸の生き物の例――草原の場合

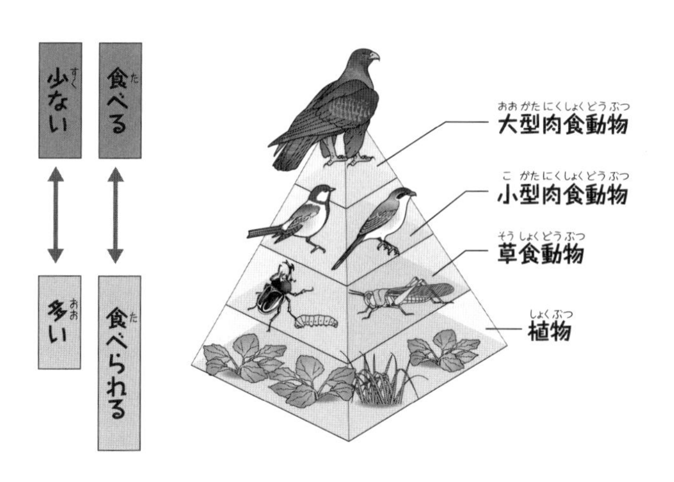

調べてみよう！

【学校や図書館で】

本で調べる

図書館や本屋さんには、たくさんの本があります。

本で調べものをするとき、つぎのことを覚えておきましょう。

• 本をまるまる一冊読む必要はない

興味のあることがのっているか、もくじやさくいんをチェック。

気になる項目だけ読んでもオーケー。

• 本のタイトルをメモしておきましょう

本のタイトルをメモしておけば、もう一度読みたくなったときに、

またおなじ本を見つけることができます。

• 本をコピーするのは、だめ

本から新しいことを学んだとき、そのことをあなた自身の

ことばでノートに書いておきましょう。

サメや肉食動物について調べられる本の例

『こわい！ 強い！ サメ大図鑑 海の王者のひみつがわかる』田中彰：監修（PHP 研究所）

『ポプラディア情報館　魚・水の生物のふしぎ』井田齊・岩見哲夫：監修（ポプラ社）

『どうぶつたちを考える本』今泉吉典：著（ニュートンプレス）

『原色ワイド図鑑　動物とえもの』今泉忠明：監修（学研）

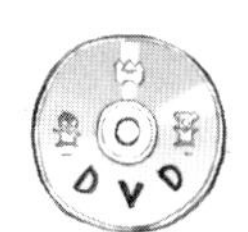

テレビやDVDで調べる

テレビの番組をチェックしたり、図書館やレンタルショップにあるDVDも見てみましょう。

インターネットで調べる

専門家が作っているホームページや、水族館や動物園のホームページ、ブログなどを見てみましょう。

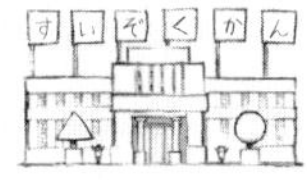

水族館や動物園へ行く

水族館や動物園へ行くときは、つぎのことを覚えておきましょう。

• ノートを持っていきましょう

「おもしろい」「ふしぎだな」と思ったことを
なんでも書いておきましょう。絵をかいてもいいですね！

• どんどん質問しましょう

なにか疑問に思ったら、水族館や動物園の人に声をかけてみましょう。
飼育員に質問できるかもしれません。

沖縄美ら海水族館のジンベエザメ

はば３５メートル、深さ１０メートル、奥ゆき２７メートルもある「黒潮の海」水そうでは、ジンベエザメがダイナミックに食事する姿が見られます

大洗水族館のシロワニ

６０種類のサメを飼育している大洗水族館は、日本一多くのサメを見ることができる水族館です

シャークミュージアムにある
ホホジロザメのスーパーリアルオブジェ

日本で唯一の「サメ博物館」。本物のサメはいないけれど、オブジェや骨などさまざまな展示があります

サメを見(み)られる水族館(すいぞくかん)

おたる水族館	北海道小樽市祝津３-303 ☎0134-33-1400
気仙沼 海の市 シャークミュージアム	宮城県気仙沼市魚市場前 7-13 ☎0226-24-5755
アクアワールド茨城県大洗水族館	茨城県東茨城郡大洗町磯浜町 8252-3 ☎029-267-5151
鴨川シーワールド	千葉県鴨川市東町 1464-18 ☎04-7093-4803
葛西臨海水族園	東京都江戸川区臨海町 6-2-3 ☎03-3869-5152
しながわ水族館	東京都品川区勝島 3-2-1（しながわ区民公園内） ☎03-3762-3433
新江ノ島水族館	神奈川県藤沢市片瀬海岸 2-19-1 ☎0466-29-9960
のとじま水族館	石川県七尾市能登島曲町 15 部 40 ☎0767-84-1271
鳥羽水族館	三重県鳥羽市鳥羽 3-3-6 ☎0599-25-2555
海遊館	大阪府大阪市港区海岸通 1-1-10 ☎06-6576-5501
島根県立しまね海洋館 AQUAS	島根県浜田市久代町 1117-2 ☎0855-28-3900
高知県立 足摺海洋館	高知県土佐清水市三崎字今芝 4032 ☎0880-85-0635
マリンワールド 海の中道	福岡県福岡市東区大字西戸崎 18-28 ☎092-603-0400
沖縄美ら海水族館	沖縄県国頭郡本部町字石川 424 ☎0980-48-3748

※営業時間(えいぎょうじかん)や休館日(きゅうかんび)を確(たし)かめてから行(い)きましょう
※このリストのほかにも、サメを見(み)られる水族館(すいぞくかん)はたくさんあります

上野動物園のスマトラトラ

上野動物園は日本で最初に開園した動物園。ライオンやオオカミなどの肉食動物も見られます

旭山動物園のエゾヒグマ

エゾヒグマのほか、「もうじゅう館」ではヒョウやライオンなど6種類の肉食動物が飼育されています

東山動植物園のライオン

動物はもちろん、「食物連鎖」（→19ページ）を立体であらわした“生命のピラミッド”も見どころです

肉食動物を見られる動物園

旭川市旭山動物園	北海道旭川市東旭川町倉沼 ☎0166-36-1104
札幌市円山動物園	北海道札幌市中央区宮ヶ丘 3-1 ☎011-621-1426
秋田市大森山動物園	秋田県秋田市浜田字潟端 154 ☎018-828-5508
上野動物園	東京都台東区上野公園 9-83 ☎03-3828-5171
よこはま動物園ズーラシア	神奈川県横浜市旭区上白根町 1175-1 ☎045-959-1000
富山市ファミリーパーク	富山県富山市古沢 254 ☎076-434-1234
名古屋市東山動植物園	名古屋市千種区東山元町 3-70 ☎052-782-2111
天王寺動物園	大阪府大阪市天王寺区茶臼山町 1-108 ☎06-6771-8401
神戸市立王子動物園	兵庫県神戸市灘区王子町 3-1 ☎078-861-5624
アドベンチャーワールド	和歌山県西牟婁郡白浜町堅田 2399 ☎0570-06-4481
愛媛県立とべ動物園	愛媛県伊予郡砥部町上原町 240 ☎089-962-6000
九州自然動物公園 アフリカン サファリ	大分県宇佐市安心院町南畑 2-1755-1 ☎0978-48-2331
沖縄こどもの国	沖縄県沖縄市胡屋 5-7-1 ☎098-933-4190

※営業時間や休館日を確かめてから行きましょう

※このリストのほかにも、肉食動物を見られる動物園はたくさんあります

まちがいさがし

イラスト：『マジック・ツリーハウス第40巻　カリブの巨大ザメ』より

左の絵と、右の絵で、10このちがいがあるよ。
よく見くらべて、さがしだしてね！

こたえはつぎのページ

120～121ページ　まちがいさがし　こたえ

マジック
ツリーハウス
探険ガイド

探険ガイドシリーズは、「マジック・ツリーハウス」本編とあわせて読むことによって、本の世界をより広く深く理解することのできる解説書です。

著者：メアリー・ポープ・オズボーン（左）
　　　ナタリー・ポープ・ボイス（右）

ナタリーとメアリーは姉妹。父親が米軍の仕事をしていたため、世界じゅうの駐屯地で、さまざまな文化や習慣にふれながら育った。

メアリー・ポープ・オズボーンは、１００作を超す児童書を執筆し、そのジャンルは小説、絵本、伝記、おとぎ話や世界の神話の復刻など多岐にわたる。代表作マジック・ツリーハウス・シリーズは、1992年の初版以来、世界３７か国で１億３０００万部を超える大ベストセラーとなっており、日本でも、２０１６年6月までに５２冊が刊行されている。また、２０１２年1月には、世界に先がけ、映画『マジック・ツリーハウス』が全国公開された。

フィクションであるマジック・ツリーハウス本編には網羅しきれなかった舞台背景を、さらに深く掘りさげて紹介したいと考えたメアリーは、姉ナタリーらとともに、ノンフィクションである探険ガイドシリーズの執筆をはじめた。アメリカ原作版としては、２０１５年までに３４巻を刊行。日本でも２０１１年より翻訳版の出版を開始した。

現在、メアリーは夫ウィル・オズボーンと愛犬たちとともに、アメリカ北東部のコネティカット州在住。ナタリーも、そこからほど近いマサチューセッツ州で暮らしている。

訳者あとがき

今回、翻訳中にいろいろと調べていたら、捕食動物たちは、「人食い猛獣」「最恐危険動物」「自然界の殺し屋」と、さんざんな呼ばれようでした。映画などでは、ただ恐ろしいモンスターとして描かれることもしばしばです。ですが、多くの動物にとって、もっとも恐ろしい動物は、どうやら「人間」のようです。たとえば、現在１年でサメに殺される人の数は、世界で約１０人。人に殺されるサメの数は、数千万匹。比較にもなりません。なのになぜ人は、サメやその他の動物を「悪者」呼ばわりするのでしょう？

人間は、地球の生物の中でもとくに新入りです。鋭い牙を持つ動物、ひどく足の速い動物、そうした先輩動物から身を守り、必死に生きてきました。体でかなわぬところは、武器を工夫し、家を作って対抗。そうして懸命に生きぬくうち、いつしか地球が自分たちだけのためにあるかのように、ふるまい始めました。生物がすむ森や川を壊し、人を襲う動物はみな「悪者」と呼び、さらに、毛皮や牙が高く売れるという理由でも動物を殺すようになりました。

そんな人類も、誕生から数えると約２０万歳。ようやく少しずつ、地球と、そこにすまう生き物、そして何より、人間という動物について考え始めました。いよいよ、まだまだ、これから、です。

訳者：高畑 智子（たかばたけ ともこ）

お茶の水女子大学英語学英文学科卒業後、リクルート入社。旅行情報誌の編集者として勤めるかたわら、絵画解説などの翻訳をこなす。その後アメリカに居を移し、本格的に翻訳・通訳業、現地コーディネーター業開始。ニューヨーク在住１４年。香川県高松市出身。　(2016.4現在)

マジック・ツリーハウス 探険ガイド

サメと肉食動物たち

2016年6月17日　初版 第1刷発行

著　者　　メアリー・ポープ・オズボーン / ナタリー・ポープ・ボイス
訳　者　　高畑智子
発行者　　郡司 聡
編集長　　豊田たみ
発行所　　株式会社 KADOKAWA
〒102-8177　東京都千代田区富士見 2-13-3
電話：0570-002-301（カスタマーサポート・ナビダイヤル）
http://www.kadokawa.co.jp/

印刷・製本　株式会社 廣済堂

ISBN978-4-04-104387-5　C8097　N.D.C.933　128p　18.8cm
Printed in Japan

カバー・キャラクターイラスト　甘子彩菜
デザイン　郷坪浩子　出川雄一
編　集　豊田たみ　内藤澄英